Damals, als nach Gottes Willen sein Sohn in Betlehem geboren werden sollte, da war es auf der Welt nicht besser als heute. Die Menschen hatten ihr Herz verschlossen. Damals hatte Kaiser Augustus, der mächtige Herr des Römischen Reiches, zu dem damals auch das Land Israel gehörte, befohlen, dass alle dorthin reisen sollten, wo sie geboren waren. Dort mussten sie sich in die Steuerlisten eintragen lassen. So fanden Maria und Josef, als sie nach Betlehem kamen, niemanden, der ihnen ein Zimmer für die Nacht gab.

Am Ende zeigte einer ihnen einen armseligen Stall. Dort gab es etwas Stroh und auch eine Futterkrippe für den Ochsen. Aber der Wind blies durch alle Ritzen, so dass Maria und Josef froren. Wie würde erst das Kind frieren, das Maria in dieser Nacht erwartete? Doch was blieb ihnen anderes übrig, als in diesem alten Stall zu bleiben? Josef führte den Esel hinein und machte sich dann daran, die Futterkrippe mit Stroh zu polstern. Das Kind sollte es so weich wie möglich haben, wenn es in diese Armut hineingeboren würde.

Als Josef nun das Stroh in der Krippe verteilt hatte, entdeckte er dort plötzlich eine kleine, graue Maus, die ängstlich versuchte davonzulaufen. Er hatte sie wahrscheinlich mit dem Stroh gepackt und in die Krippe getragen.
Josef fing die Maus und betrachtete sie nachdenklich. Das Mäuschen fiepte vor Angst.
„Du hast es gut!", sagte Josef freundlich. „Du hast dein warmes Fell! Und wir haben nichts, womit wir unser Kind wärmen können!"
„Tu mir nichts!", wimmerte die kleine Maus ängstlich. „Bitte, tu mir nichts!"
Da lächelte Josef und setzte das Mäuslein ganz behutsam Maria in den Schoß. Und Maria streichelte es zärtlich.
„Gottes Sohn wird heute geboren!", fiepte das Mäuschen. „Deshalb warte ich hier!"
Dann fügte es hinzu: „Meine Familie hat das ganze Jahr die Wolle von den Hecken und Büschen gesammelt! Die könnten wir herbringen und damit die Krippe auspolstern. Dann braucht das Kind nicht zu frieren!"

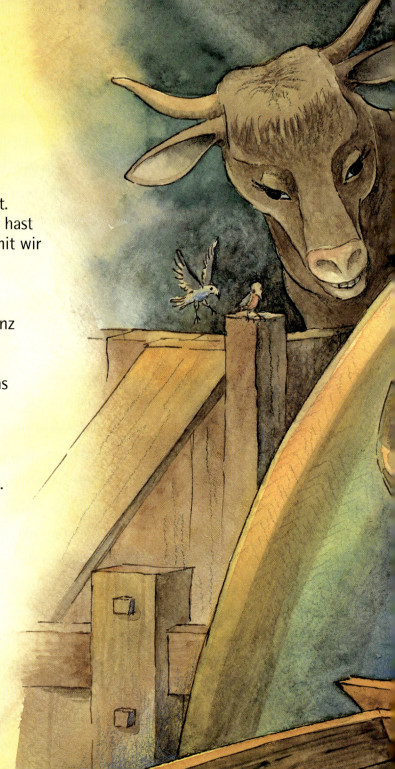

„Welche Wolle?", fragte Maria verwundert. „Die Schafe haben sie verloren!", piepste die Maus. „Sie blieb in den Hecken und Büschen hängen, als sie vorbeizogen! Und wir haben sie gesammelt." Das Mäuschen hielt ein winziges Büschel ungesponnener Wolle in seiner Pfote und reichte es Maria. „Wir haben viel davon!", sagte es noch.

Maria nickte nachdenklich. „Es wäre schön..." Da rauschte es plötzlich im Gebälk, und drei Eulen flogen bedächtig herab und setzten sich auf den Rand der Krippe. „Was macht ihr denn hier?", fragte Josef.

„Wir warten auch auf das Kind!", antworteten die Eulen. „Wir haben gehört, was die Engel sagten! Wir könnten das Mäuslein zu den anderen Mäusen bringen. Dann könnten alle Mäuse mit der Wolle bald hier sein. Wenn das Gotteskind dann geboren ist, braucht es nicht zu frieren!"

„Tut ihr dem Mäuschen auch nichts zuleide?", fragte Maria besorgt.

Die Eulen waren fast ein bisschen beleidigt: „In der Nacht, in der Gottes Sohn geboren wird, tut kein Tier dem anderen etwas! Da werden Feinde zu Freunden!"

So stieg die kleine Maus mutig auf den Rücken der größten Eule, klammerte sich an ihrem Hals fest und flog mit ihr über den Wald davon bis dorthin, wo die Mäuse wohnten.

Als die kleine Maus dann schließlich landete, wollten es die anderen Mäuse einfach nicht glauben, was sie mit eigenen Augen sahen. Zunächst liefen sie davon und versteckten sich vor den Eulen. Dann aber begannen sie, nach und nach doch der kleinen Maus zu glauben und zu vertrauen. Sie begriffen auch etwas davon, dass in dieser Weihnachtsnacht kein Tier dem anderen etwas zuleide tun würde.
Und als sie hörten, dass Gottes Kind in dem alten Stall vor Kälte erfrieren könnte, da holten sie sogleich eifrig alle Vorräte herbei, die sie gesammelt hatten. Es war so viel Wolle, dass sie sie kaum tragen konnten.

Sie wollten sie gern herschenken, denn sie hatten ja ihr weiches Fell, das sie wärmte. Dann machten sie sich auf den Weg zur Krippe.
Die drei Eulen flogen hoch am Himmel voraus, und die Mäuse folgten durch den Wald. Als sie so dahinzogen, stellte sich ihnen plötzlich ein Fuchs in den Weg.
„Halt!", rief er. „Auf euch habe ich gerade gewartet, hungrig wie ich bin!"
Voller Schrecken sahen die Mäuse auch gleich hinter dem Fuchs die Füchsin mit den jungen Füchsen stehen.
„Stehen bleiben!", rief auch die Füchsin. „Wo wollt ihr hin?"
Die Mäuse blieben wie angewurzelt stehen. Es stockte ihnen der Atem. Nur die kleine Maus ging furchtlos auf den Fuchs zu.
„Wir gehen zu dem Kind in der Krippe!", sagte sie.
„Wir könnten euch alle auffressen!", rief der Fuchs und fletschte die Zähne.

„Ihr könntet es!", nickte die kleine Maus. „Aber ihr werdet es nicht tun!"
Und sogleich riefen die anderen Mäuse alle auf einmal: „Heute ist Friede zwischen Mensch und Tier und Friede zwischen allen Tieren. Es ist die Nacht, in der Gottes Kind geboren wird!"

„Wissen das denn auch alle Tiere?", fragte die Füchsin schließlich.

Da antwortete die kleine Maus: „Wenn sie es noch nicht wissen, dann sagen wir es ihnen! So wie wir es euch jetzt sagen!"

Da rauschte es oben in den Wipfeln der Bäume, und die Eichhörnchen kamen heruntergesprungen. „Friede mit euch allen!", riefen sie so laut sie nur konnten und hatten keine Angst mehr. „Wenn ihr zu Gottes Sohn in der Krippe wollt, dann gehen wir mit!"

Als dann auch noch die Hasen hinzukamen und keine Angst vor den Füchsen mehr hatten, als die Rehe und Rehböcke, die Wildschweine und Hirsche, ja selbst die Marder und Wiesel herbeikamen und sich den Mäusen anschlossen, da reihten sich die Füchse stillschweigend ein und spürten tief drinnen in sich, dass sie von Gottes Frieden ergriffen waren.

Der Weg der Tiere führte mitten durch den Wald. Und je weiter sie kamen, um so kälter blies der Wind. Sie mussten mit aller Kraft gegen das Wehen und Brausen ankämpfen, besonders die Kleinen.
Doch da geschah in der Nacht ein weiteres Wunder. Die Bäume des Waldes beugten sich zu ihnen hinunter und hielten ihre Zweige so um sie herum, dass ihnen der kalte Wind nichts mehr anhaben konnte.
Als sie dann aus dem Wald herauskamen, da begann es zu schneien. Zuerst fielen die Schneeflocken nur vereinzelt, dann wurden es immer mehr. Und es wurde etwas wärmer. Eine dicke Schneedecke legte sich auf das Land.
Da liefen und tanzten die Tiere durch den Schnee, denn sie sahen in der Ferne ein Licht. Das musste von dem Stall her kommen, in dem inzwischen das Kind geboren war, das Gott auf die Welt geschickt hatte, um Mensch und Tier den Frieden zu bringen. Da liefen sie alle voller Freude auf den Stall zu.

Plötzlich fiel ihnen ein, dass sie
dem Kind ja nichts mitgebracht hatten. Sie
ließen traurig den Kopf hängen.
Nur die Mäuse hatten ihr Geschenk nicht vergessen.
Sie nahmen die weiche Wolle in ihre Pfoten und
hielten sie hoch, bis ein paar größere Tiere sie sehen
konnten. Die machten die anderen Tiere auf die
Mäuse aufmerksam, und die kleine Maus rief
glücklich: „Wir bringen dem Kind die Wolle,

damit es in der Krippe nicht frieren muss!"
Sie blickte sich nach allen Seiten um und sagte dann:
„Es ist so viel Wolle, dass wir sie teilen können. Ihr kriegt alle davon ab!"
„Dann haben wir auch etwas, was wir dem Kind schenken können!", riefen die Tiere und nahmen dankbar die Wollbüschel an, die ihnen die Mäuse reichten.

Und als sie dann die Stalltür öffneten und in den Stall traten, da lag Gottes Sohn in der Krippe. Maria und Josef winkten ihnen freundlich zu und luden sie ein, zu ihnen hereinzukommen. Da gingen sie zur Krippe und polsterten sie rundherum mit der zarten, kuschelweichen Wolle aus. Es war so viel Wolle, dass sie das Kind auch noch damit zudecken konnten. Und das Kind spürte, wie gut es tut, von anderen umsorgt, geliebt und gewärmt zu werden.

Die Tiere blieben die ganze Nacht bei dem Kind im Stall. Sie drückten sich weit nach hinten, als die Hirten und schließlich auch die drei Sterndeuter kamen, um das Kind Gottes in der Krippe anzubeten. Sie blieben bis zum Morgen da und waren so glücklich über das, was sie hier hörten und sahen. Und die kleine Maus? Sie saß nicht mehr im Krippenstroh. Nein, Maria hatte sie auf ihren Arm genommen und streichelte sie zärtlich.
„Ich danke dir!", flüsterte sie so leise, dass es nur die kleine Maus hören konnte. „Ich danke dir im Namen meines Kindes!"

Die Deutsche Bibliothek –
CIP-Einheitsaufnahme

Damit das Kind nicht frieren muss /
Rolf Krenzer; Hartmut Bieber. –
Limburg: Lahn-Verlag, 1997
ISBN 3-7840-4210-4

© 1997 Lahn-Verlag, Limburg
Lektorat: Ursula Mock, Anne Voorhoeve
Illustrationen: Hartmut Bieber
Satz und Litho: Koch Lichtsatz und Scan GmbH,
Wiesbaden-Nordenstadt
Druck und Bindung: Proost, Turnhout
Printed in Belgium
Abdruck nur mit Genehmigung des Verlags.

ISBN 3-7840-4210-4